羅智成

羅智成故事雲

荒涼糖果店

「是的
不管多大多老
我們的處境仍然
跟童年的時候一樣
無法及時理解
時間出的難題」

像時間倒撥一百年
安靜理想的老城區裡
一家童話般的糖果店
孤立於鋪石巷弄轉角
點綴著沒落冷清的街道；
像迷路的小火車站
守候永不會路過的列車
像神祕精美的音樂盒
被遺忘在陳舊衣櫥裡
封藏不為人知的心情
銘刻呼之欲出的曲調

小店環以淡彩鑲金的窗臺
頂著寶藍素面遮陽棚
每一扇迎面向你的窗
都洋溢幸福的召喚與
執意於優美的脆弱感
透過陰影　望窗而入
甜蜜的慶典正在彩排
太妃糖　棒棒糖　水果糖
牛軋糖　薄荷糖　巧克力和各式軟糖
在此被仔細陳列、販賣
啊　盛況不再的年代

也要堅持小小的輝煌
平淡易逝的生命
也渴求片刻歡愉的解方

我風塵僕僕　旅行到此
好像重返被流放至
記憶邊陲的心靈原鄉
陌生又親切的街景
與童年孤僻的幻想
隔著歲月遙遙相望
此刻輕擁孑然的我

寤寐之間的感傷
但我迅速被糖果店吸引
那段未及實現的夢境
或許就在這孤懸的蜂巢醞釀

在孩童喧嘩的掩護下
我開始造訪這家小店
盤桓不被注意的角落
四處瀏覽探看；
各式瓶罐或玻璃櫃裡
令人目眩神迷的碳水精靈

簇擁酣眠如睡衣派對
一顆顆口頰裡的珠寶
味蕾上的煙火
像冰凍的極光
裹以透明彩衣
鑲嵌花窗下的舞影
任誰都會流連忘返

但我更著迷於它
不切實際的誇飾與怪誕
如接受地磁導航

不時踅經這糖鑄的作坊
只要沒有其他顧客上門
店裡的擺設便甦醒過來
熠熠發光　像
恢復一場中斷的音樂會

但立式鋼琴從未打開
琴蓋上還排滿玻璃瓶
翁戎貝殼、印度鉛螺
和五顏六色的小盆栽
老爺鐘如供奉時間的神龕
踞立櫃檯一旁

窗外陽光燦爛
相形之下室內更顯陰涼

我卸下背包坐進咖啡座
靠窗邊的小圓桌旁
專心發呆　記筆記
偶而站起來透口氣
在琳瑯滿目的貨架間閒逛
偶而
輕觸褐色光暈下的麥芽糖罐
猶帶流體波紋的凝固糖漿

像窗外印象派的風景
在陽光的筆觸中
努力要旋轉發亮

賦予糖果店離奇奢華的
是過度盛裝如
剛加冕的王后
那逾越日常生活的隆重
總是找不到適當場合蒞臨的
美麗女主人

她不常留駐
卻有淡淡芳香
和超強的氣場
統治著這充滿
異象與奇想的地方

不知何時
我也跟著龍鐘的落地鐘
耐心等候她的身影
逗留時間甚至比她還長
「我覺得我更像店主

而妳像不定期的節日」
後來我如此埋怨
哈哈哈
她自信又禮貌地
報以銀鈴般笑聲
全身配飾也跟著搖顫

她有雙深邃憂傷的眼眸
會在優雅謹慎的談吐外
不受駕馭地散發著
更誠實隱密的心事

有時我覺得她因此
不得不掩藏起目光
避免和我的接觸

一旦接觸時
我的眼睛卻無法移開了
那時我們已漸漸培養出
某種罔顧現實的默契
像兩個相互閱讀的作者
談論切身的話題如同
修改對方作品的建議

我們的默契其實是
彼此強加上去的
為了確立某種需要探索的關係
我會直率地說
「是的，只要有別人在場
我就會為妳侷促不安
但我不會勸阻妳的糖果裝扮
不合時宜的浮華總能
讓妳隨時在舞臺中央
而且像小女孩般
永遠豁免於訕笑與責難」

「小女孩？
對我來說
每個成年人都永遠是
困惑　疲憊的小孩
對我來說
沒有成人
只有被迫或裝著長大
不同年齡的小孩」

別人的側目

她不以為意
對我的意見
則悠然反擊
「你必須再勇敢、直白些」
停止無謂的左顧右盼
讓我無須揣測就能確定
你已被徹底迷惑
毫無退路
不可自拔」

說話時她悄然傾靠過來

修長的頸項
翹巧的鼻梁
收凝的氣息
像準備起舞的芭蕾伶娜

也許因為有了一些年紀
更可能是眼眸裡的滄桑
提高了我對她
胡思亂想的危險與困難
我不敢輕率深入去刺探
但是花枝招展的糖果
又把她襯托得如此和善

我默默盯著那纖柔的手掌
在糖果罐裡進進出出
好像在呵護　安撫著
一隻隻初生斑斕的寵物
有時她拆解精緻的包裝
翻雲覆雨的手勢又好像
即將變出深不可測的魔術

偶爾　她不再隱藏
深邃目光直視著我

但我無法決定
要回應以何種表情
因為那一瞬間
我對自己的角色　年齡
也不十分確定
既有飽經閱歷的疲憊
卻又總如大夢初醒
猶未脫離生澀與迷惘

我們注定相遇
而『注定』是

我最迷信的字眼了

她似乎就等著對我說這句話
開口有如神諭
堅定溫柔　充滿魅惑

每當她悠然啟齒
我就放棄抵抗
自我馴服
如誤闖私家舞會的野貓
想像她狎暱裝出的責備
梳理我虛張聲勢的絨毛

我鑲出熱切的眼神
鼓勵她繼續傾吐
彷彿對話終止
特殊的情誼便無以為繼

「我們注定相遇
獨一無二的作品
已在此開啟
相知與惦記
相遇與分離
將是一再重演的宿命」

「甚麼作品？」

「盡情去想像吧
想像你擁有一個
量身打造的故事
而我已預先被擺進去……」

「所以我必須
不時進到我的作品裡
即時了解自己的宿命？」

「哈哈哈，我呢？
就待在你的作品裡

專心打理我的糖果店
等著你給我一個名字
一個角色或意義？」

她又回頭繼續去撩撥
那些五彩繽紛的小獸

「我希望調配、設計出各種糖果
來慶祝過往的歲月
無論是悲是喜
他們像一首首舌尖融化的歌

記載著我豐盛的人生
與美滿或淒涼的時刻
當你含著它吻著它時
各種記憶或
各種心境的滋味
隨著分泌的津液
緩緩流瀉出來
你就短暫重溫了
最珍貴的時光」

就像寫詩一樣

她陶醉地說
以無法替代的詞彙
為萬事萬物命名
「命名」賦予了
它們某種形體
把它們的法力一一喚醒

但官能的記憶
比文字雄辯　直接
我們原本就不只靠大腦
來嫁接發生過的事件
是用整個身體

她擺出優美的舞蹈動作
來強化她的口氣

來，試試「閱讀」
帶著核桃的脆爽與
濃濃奶香的牛軋糖
它有一種含毒的油墨味
你覺得把文字也生生嚥下了

那時
母親正在為我

讀第一本童話
我看著精美的插圖
怯生生走進故事裡
它們建構　繁衍出
我最初的世界觀

書本外
母親耐心的聲音
把方塊字細細嚼過
再透過聽覺餵進來
我的想像力緊隨著
那溫柔的抑揚頓挫

在意識的河床上
小心翼翼穿過急流

這是有著蘇打氣息和口感的
「逃學」
一點青檸檬帶來的清爽、釋然
和百香果酸甜的緊張
那次我為了逃學
撒了好大個謊
但是我平時太乖
爸媽和老師全信了

我希望儘快被揭穿而
解除漫長的忐忑不安
但和事實相違的謊言
卻遲遲沒和事實碰面

她開始頻繁出現在店裡
帶我領略各種糖果

這鵝黃色的蛋白糖霜
和它真正的口味並不搭
讓你在清淡的甜蜜之中

興起難以言喻的失落感
這是郊遊因大雨延期的口味
滲一點點海苔和一點點茶香

那次的遠足雖未成行
我卻在日後油然想起
未曾到訪的
大雨滂沱的山林美景

我亦步亦趨跟著這些故事
和她遞過來的糖果

讓來歷不明的蟲蛹
在我的舌尖孵化出
陌生而危險的味覺

「我約略嚐出蔗糖裡的
纖維和土壤顆粒的參差
兒茶素澀苦的尾韻以及
特定地形或緯度的甘美
還有些負離子鑽入鼻腔
是因為薄荷嗎？
——妳說它叫什麼名字？」

「郊遊遇雨」
她滿意地說

這是「獨處」
百分之七十的黑巧克力
再大膽加上海鹽和肉桂
它的口味強烈而辛辣
必須抑制唾液的分泌
讓融化的泥汁緩慢滲入口腔
它會重現你獨處的情境
當你專注於地球自轉時

造成的輕微拉扯與暈眩
便能感受無法稀釋的
自己未被目擊的
向心與離心

……就像那段時期
我經常被寄放於
一個富裕親友的豪宅
一個人孤單守著
冰涼磨石子地板的空曠大廳
等媽媽下班接我回家
時間過得非常緩慢

有時一個黃昏就有
一整個晚上那樣長

這是「風箏」
你看它包裝像不像風箏？
小麥草和麥芽糖被裹在
裁剪過的竹葉上
但風的觸覺無法呈現
——你放過多長的風箏？
在那朔風野大的午後
我曾經看著我的紙鳶

一逕飄向湧動的雲端
——我們經常瞭望遠方
但想到手裡竟垂釣著
那沉沉的遠方並
測出即將到來的
濕氣與雷電就有
說不出的興奮和緊張

也帶有呼之欲出的想念吧

在她聲音、手勢

與糖果的誘導下
我嚐過許多心事
不時重返童年的視野
或似曾相識的時光
但更多時候應該是對
她內心世界的猜測與臆想

「像召喚亡靈
藉由最靈驗的觸媒
帶領它們栩栩返回
悼念　重聚的現場
像明確的路徑指引

日漸漫延的虛無與頹喪
回到讓他們安息的過往」

她幫我加了熱茶：
你有沒有想過
憑弔過往
是我們對遺忘
最頑強的抵抗？

店裡的光線暗了下來

原本暗自翻湧的曖昧
被沉重的話題壓制了

我搜尋著說話者的眼光
想確定對談真正的方向
但是她的臉頰閃閃發亮
似乎未受到脫口而出的感慨
些微的影響

看看這一排
打扮得更漂亮

這是「蝴蝶」系列

我像設計
一整座春天的花園
製作了這些絮語般的軟糖
再用蜻蜓和蝴蝶羽翼包裝
所有美滿易感的時刻
於是就有了糖衣的翅膀

這是酪梨口味薰衣草的口味
藍莓的口味無花果的口味
這是野薑花藍茉莉與蜂蜜

這是矢車菊玫瑰與楓糖
這是桔梗吊籃與甜菜
蝶豆花洋甘菊與芥末
香堇石竹與龍舌蘭
香奈爾五號……
和人工糖精

再來，
暗黑色系的包裝
是「巫術」系列
我是帶著造蠱的

惡意與好奇研發配製的
希望媚惑人心、引人上癮
或引發幻覺、薰然酩酊

這個製程
需要果斷的放縱與耽溺
自我探索或以身試法的刺激
材料包含少許的
罌粟、大麻、烈酒、卡瓦
調味酒、夾竹桃、咖啡因
還有墨魚汁
這些是甜蜜得

讓人無怨無悔的毒品
用來安慰我們
飽受壓抑的劣根性

這是「後悔」、這是「無悔」
這是「化石」、「隕石」和「岩漿」
這是麝香貓糖、鴨嘴獸糖
這是捕蠅草、龍涎香……

我頭腦昏脹
面紅耳赤

心跳凌亂
好像已準備好
被下毒或施咒
步履也開始沉重

有那麼一瞬間
我以為再邁出一步
便將石化為像
羽化為鴉　或
融化為汞

但她未覺察到這一切
搖曳著腰肢在前引領
繼續向我介紹　說明

像油脂吸浸香氣
我用糖漿保存記憶
——或是激發想像？
嗯，我得再想一想

當然，官能的觸媒
不僅只繁衍於味覺

還有其它種種感動
她指著櫃檯上袖珍宮殿般
一排俄國法貝熱彩蛋
鋼琴上的瓶瓶罐罐和
其上樂譜般的貼條

於是我也注意起周圍動靜
打從進門的風鈴聲
或我們對話的空檔
就聽而未聞著許多聲音：
蓄勢待發的黑森林布穀鐘

漆畫著玫瑰的拉克希爾鐘
垂搖著尾巴的貓型掛鐘
比節拍器固執的老爺鐘
磨豆機、咖啡機和冷氣
還有些悅耳的聲響藏在
敏感的杯盤或器皿中
本來已融入背景的
突然間被擬人化了
像恢復
一場中斷的音樂會

我含著她剛取出的「慢板」
專心聆聽　專心品嚐
對之前的中毒現象
覺得有些茫然
她觀察著我
似笑非笑

這是關於味覺
全新的言談嗎？
或是關於記憶
全新的隱喻？

我對店裡每種糖果
每一項器物或典故
更充滿探究的好奇

來！今天帶你嚐嚐新口味
那是一支枕頭形
暗金條紋棒棒糖

這支叫「賴床」
清晨將醒未醒時
媽媽在床邊試穿一件美麗衣裳

你在心中焦急地想
她要出門了嗎？
但衣縷間舒適的香氣
讓你很快又沉沉睡去

這是樟腦的味道嗎？
哈哈哈
是有些樟樹和檜木的氣味
來自記憶中的衣櫥
殘留的香水混雜著
絲、綢和棉紗纖維
一點點蒸散的汗漬

以及
肉體溫暖的慾念

檜木的靈性很強
每一棵都遺傳著
整座森林的記憶
我添加的綠色調劑
叫「行走的森林」

那次我們正沿著
布滿針葉林的

冰磧山谷縱走
大雨傾盆而下
把他的體溫沖進我的領口
在稀薄冰冷的空氣裡
百感交集著不同氣候
令我上氣不接下氣

那一刻
我深深受制於
高海拔稀薄的空氣
費洛蒙加速的心跳

更讓我瀕於昏迷
舔舐冰涼的雨水
芳樟醇　芬多精
或忘情擁吻
是快速吸到
氧氣的捷徑

這就是「心跳」
她大膽牽起我的手
為我抽換另一顆糖

教室外罰站時　她
偷偷和你牽手瞬間
有一點點水蜜桃
一點點花青素
或檳榔鹼
老牌香皂在髮梢
勾留年分久遠的
童年

這是「越位」
雨中踢足球時
摔到場外草地上了

一點點鮮血
一點點尤加利
一點點含羞草……

糖裡有鹽
血中帶鐵
是誰真咬了我
咬了我的嘴唇了嗎？

她是這座古老城市裡

偷竊時間　誘拐孩童
深藏不露的女巫嗎？
那一夜回到旅舍
我翻來覆去想著
還是寄生在我們
陳舊夢境裡遲遲
不肯離開的幽靈？

我無法入睡
也無法醒來
也想不起背包
有沒有帶回來

終於我問：
「那妳最喜歡的
是甚麼口味呢？」

她遲疑了好一會
說：來！
領著我到老爺鐘前
跟我等高的大鐘兩側
有多排漆亮抽屜
她拉出其中一層
裡頭排滿老爺鐘造型小木盒

細心打開靈柩般的容器
濃烈的氣息撲鼻而出
裡頭的糖果包裝簡省
沒有艷麗悅人的色彩
看起來更像藥材、
標本或木乃伊

這些木盒收藏著
我最耿耿於懷的作品
這個系列叫「荒涼」

時間如果有味道的話
應該就是荒涼的味道了
時間越是久遠
一切就越荒涼
但必須等時間消逝
你才聞得出來——
或者不是聞出來
而是呼吸到
膏肓之間的悽愴

荒涼就是……就是

地球繼續自轉
萬物繼續運行
但是屬於你的週期
已隨著上一次彗星遠颺

是的
你的輝煌已經結束
舞臺清空許久
觀眾早已凋零
而與你無涉的
更多其它劇情
繼續盛大上演

不因你的缺席片刻遲疑
繼續盛大上演
提醒你失去的自我中心

我端詳了
她今天的打扮
仍是挽著高高髮髻
強調細腰的復古裝扮
香檳色蕾絲緹花連衣裙
綴著波西米亞風水晶胸飾
一邊跟著想像

時間之鏡前
荒涼的自己

那次我說她像
不定期的節日
她忍不住笑了
她說　正經地說
你就叫我麗昔吧
它來自希臘神話的 Lethe
忘川的意思

名字像 delete 鍵一樣
帶著無可挽回的
破壞力的女子
對於記憶卻有
一種戀父的執迷

「我們和世界同步於此時此景
而稍早之前的我們
已隨時間一去不返
逝去的那些時光

才是我們的原鄉
但是我們回不去
記憶　是我們
跟之前的自己
唯一的聯繫」

生命是不可倒置的沙漏
像穿過光陰針眼的
流沙
我們的存在　終將
比我們的回憶稀薄

但過去已不再存在
所有的此刻
在下一刻都
還原於腦海

她的話語伴隨極力的思索
顯得雜亂無章　詞不達意
我努力把這些字眼嚼出
它被期待的感覺與意義
並分心注視
被仔細勾繪的嘴唇

生澀而認真地執行
並不擅長的詮釋：

荒涼，
難以言喻
你必須自己去想像——
不，它想像不出
必須去體驗體悟
猶如鯨落深海
孤芳自賞著
個體的盛極而衰

像漫長的遊行中
被歡樂的行列
遠遠甩在後頭
你本想繼續跟上
但下一站的名單沒有你
且原先隊伍比你
更早就解散了

你佇立荒原
兩頭落空
只剩光年外的風

迎面吹來
那將是時間教我們的最後一件事

她反覆摩娑著
金蟬標本般的「荒涼」
眼神轉趨堅定

「最後一件學到的
不就是死亡嗎？」
我辛苦地重建

較親密的對話環境
想把她跟話題重新
連結在一起

「它比死亡更後面
所以在死亡之前
認識它很困難」
她繼續專心向前

「我覺得這間糖果店
被妳描述得
好像時間的靈堂」

啊　這並非我的本意
要是你曾經歷
輝煌的短暫與
消逝的漫長
盛極而衰是
永恆的熵……

看看我　看看我
我的容顏正在時間裡風化
每一分每一秒
每一次的呼吸

都是微型的
滄海與桑田

永恆的變遷
像及時卻
無法破解的預言
我們一旦出發就
再不能回到原點
直到那一刻
那一刻……

我們意識到

我們只剩下意識
不在「從前」的那一邊

「人類無法當下覺察
自身的美好正如何被
無私的時間棄如敝屣
只有過往生命的豐盈
讓此刻的荒涼顯影」

我驚訝地看見
她眼裡隱約滾動的淚珠

發覺低估了話題的重要性
一個過度裝扮的古怪美女
時刻記掛的心事
我終究無法準確掌握……
只能以刻意的誤解
反駁她的悲觀：

只有過往生命的豐盈
能讓此刻的荒涼顯影？
所以豐富生命的努力
在此被妳辯證成
虛無最大的碑銘？

還好
她的見解柔和了許多
「對……
或者你也可以說
努力過的生命更令人惋惜
不曾精彩過的人
無從理解精彩的微不足道」

「也許
只有這樣弔詭的見解
才能把亮麗無瑕的妳

和亙古的荒涼
連結在一起……」

她捧著我的臉
不勝感傷地說：
啊這麼親密有趣的對話
為什麼只發生在我們之間？
為什麼我們的豐盈美好
永遠無人見證？
為什麼我們的心事
永遠無人見證？

「荒涼是甚麼口味呢？」

「它不是感官的對象
它召喚真正的過去
讓你猛然想起
你忘掉的忘記
或真正的失去

荒涼如果發生
就在此刻的你
跟過去的你之間

遙遙相望的
無法跨越裡」

她反覆摩娑著
金蟬標本般的「荒涼」
不急著拿給我
甚至有些遲疑
然後嘆了一口氣
「或者
讓你來告訴我吧！」

她切了一小片
深色羊羹般的糖膠
盛在小碟上給我
「含著它」
「含著它
不用害怕！
我們甚麼都不急」

我的舌尖
怯怯朝齒縫和
牙槽搜索過去

感覺上
那是從蜜餞罐剩餘的
糖渣滋長出來的苔蘚
是異夢擬態的章魚
或糖釀的海馬迴？

這次
我真被下咒或毒害了吧？

我斜靠著椅背
開始石化為像
羽化為鴉

融化為汞

「你回想起甚麼了嗎？」

我有點想睡
但不想離開
只能努力思考
來接續她的話語
但是大腦似乎
開錯了房間

「我在想
我第一個喜歡的男生
已記不起他的容貌了！

那時我還小
小學二年級吧
但好漂亮
瘦瘦白白
水靈靈的大眼
怯怯地戒備著
黑溜溜的長髮箍著髮箍

或紮成各式辮子……」

「等一下……
這是誰的記憶？
怎會讓我油然想起……」

「不要急
不要抵抗
我只是想知道
你意識裡浮現的東西」

像熬夜了整整一年
視覺皮層瞬間變暗
我的眼睛幾乎睜不開
說話的聲音越來越遠⋯⋯
「一種時間上的
近鄉情怯的空虛
一種不由想哭的
童年情緒

這⋯⋯
不是我的記憶
但我切身感受

像剛剛穿越了
巨大的時差
我正航經一段
經驗以外的海域」

我記得
不同班的他
高高　瘦瘦
頂著飽滿的頭顱
國語文非常得好
話不多卻很能表達

他模樣神氣
還很會畫畫
很多老師誇讚
他卻不以為意
也不盡傾心於
學童等級的學習環境
一副想看得更遠
走得更遠的模樣

我們很少單獨相處
許多話來不及說也來不及想
最不真實的 一 次是

放學時他送我一張畫
那是非常用心的表達
背景有花園和古堡
而畫中的我
身形更瘦眼睛更大

「我們注定不屬於這裡
我們屬於很遠的地方」
他有點結巴地說

我根本沒聽懂
就直接相信了

上學時
想到他就在隔壁班
就心滿意足於無事發生

我們的戀情絕大部分
進行在白日夢裡
雨天的午後練琴
也會忍不住想像
他以童話情節現身

籌備遊藝會時

記得我們被老師安排
分別扮演王子與公主
我打扮得漂漂亮亮
滿懷期待
上了舞臺
卻發現主角不是他

那時我竟有一種
錯過童年的驚慌
之後，也很少再相遇

我對他主要的記憶
就是從那時開始的
莫名而長久的牽掛

我一直認為
像一同貶謫自
無名的小行星
我們是不一樣的
隨時關注他的消息
但是一直到小學畢業
都沒機會再和他相遇

更可能他從不知道
我們曾是一對戀人

「這是妳的初戀電影嗎？」
「或者我會是那個男孩？」
為了掩飾之前的慌張
意識才稍稍恢復
我就開了玩笑
她神情怪異
欲言又止

然後我驀然想到
一個不是我的人
毫無保留分享了
還沒告訴自己嘴巴的秘密
竟有些不知所措

人類靈魂某部分
真的可以複製
甚至直接交換嗎？

沒被語言註記的記憶

或心情　或想法
可以傳達、複製
甚至彼此交換嗎？

跟它的所有者分開？
像古埃及傳說
包括最抽象的
每樣事物都能
單獨提取
心和身體
也能分離？

如果可以
和生命攣生的孤獨
將被化解、取消
不可能真正溝通的
不可知論也將動搖

雖然我還不知道
這個記憶是否如實傳遞
但是某種猶如交換體液
無比親密的情愫
已一發不可收拾

「你在嘲笑我嗎？」
「喔不，我太震撼了
來不及更換表情」

她略顯困窘地說：
「也許這是唯一一次
因為沒有實現而
永遠完美的愛情了
因為一切都只在
我的願望裡發生

透過如此漫長而
不成比例的投入
我才得以認識自身
熾烈的靈魂

而那個小男孩
在我內心喚起的想像
成為日後尋找戀人時
我最信賴的榜樣」

天堂鳥謎樣的舞姿正如

雨林中專心作法的巫師
和原始本能互為表裡的
這形而上的盲目與衝動
帶領了整個文明的蠢動……

「我深知初戀的能量
它在出生前便已具足
只等待適時的星火
引爆那無法預測的
璀璨煙花　或
森林大火」

我帶著已了解她的錯覺
和更不了解她的警覺
認真地回應

「我們特別記得初戀
因為那時的當事者
還沒有成熟完整的
實踐與解釋能力
因為那時的當事者
仍是迷亂易感尚未
冷卻成型的星體

藉由回憶
我們可以在『現在』
這個思考框架裡
重新把它發生」

由於知曉了她的秘密
我覺得更有義務
更認真去了解她

「我有一種窺祕的愧疚
和隨之而來的負擔

它剝奪了我原本可以
不需太了解妳的權利
我能繼續嘗試它們嗎？」

她拒絕了
「你只嚐到一小塊
要認識我還太早」
「而且
那並非荒涼主要體悟」

「我和第二個戀人

一起度過艱困的青春期
那時我跟誰都格格不入
內心裡總是和人在抵觸」

作為彌補
推開糖果盒
她娓娓跟我陳訴
更多成長的祕密：

那是各種保守價值
垂簾聽政的時代
在我浮誇的想像裡

宛如末世奧匈帝國或
羅曼諾夫王朝

社會本是青春期少年
天生的反派
當它化身為
無所遁逃的升學煉獄
優勝劣敗的生存法則
最脆弱最努力的時候
也須與不放過我
我知道這輩子
都必須不停止

遠離　脫逃

陌生的人被歸在一起
就形成儼然的社會

在不被視為社會的
更多時候
他們又成為被社會
輕忽與誤解的
落單的人

我夢想浪跡海角天涯
卻發現他靦腆守在
學校邊的公車站牌
背著沉重的書包
剪著笨拙的短髮
為了找我　每每
編造牽強的理由

他屢被記過　處罰
總在認輸與不認輸
一念之間徘徊

在我的腦海裡
守著公車站牌
但沒有一班車
為他而來

我們必須落單
才成為一個人

他就是我的天涯海角
他就是與我
一起落單的人

為了中斷慘綠年華
她適時為我加了茶

有人與你一起孤獨
是令人珍惜的冒險
但你必須時時選擇
要依賴他一個人
還是依賴全世界

在糖果店裡

我覺得被一步步帶離
原先的糖果店

這些深藏許久的戀史
妳已經醞釀出一種
準確談論它的言詞
好像這一切就只對我說

「我不停透過回顧
來重寫我的故事」
她端起骨瓷茶杯
準確地把嘴唇印在

杯緣絳色的唇印上
「這個版本的故事
如此適合你的見證與分享
也許　是在告訴你的同時
它才誕生的」

「讓人想聽又想說
是多麼親密美滿的關係」

我輕輕蓋著她的手
「我已深被懾服

這隱密的言談
這美滿的儀式
像神聖的療程
甚至壓制了我的
遐想　我的情欲」

甚至不敢讓愛情
干擾任一個妳
正專注的話語
我從不曾預期
這麼多比愛戀
更親密的交契

「『注定』是我這輩子
最迷信的字眼了」
沉默片刻
她說

第二天
晚霞絢爛的窗前
我有一種遠離了
過去的自己的
孤單

想到成千上萬的受精卵
被散播於汪洋大海
緊緊握著母體交付
微不足道的或然率
去邂逅自己的宿命
很久很久以後
晚霞絢爛的窗前
我因為孤單
重新誕生

「妳知道嗎？
置身過去與立足此刻

胸腔會承受不同氣壓
你現在投射的童年
比童年的童年更加
脆弱與易感」

「初生之犢不知害怕
如今你因為重返過
我們倖存的來時路
不免心有餘悸」

「上次

我們回去得太遠
或許你可以試試
不久以前的從前」

她遞給我另一片
深灰色「荒涼」
「Dear R，
這個人你認識嗎？」
我看了看標籤
不確定地搖搖頭
他是誰？

但是口中的焦糖
讓我回想起某個
煙霧迷漫的酒館

我們共同的戀人
在煙霧迷漫的酒館
醺醺然朝我走來
移動的速度比實際慢
黑暗的剪影透出光暈
像神輕輕觸撫的手掌

她曾經愛上我
就像奇蹟一樣
雖然戀情並未持續　圓滿
我的自我認知與生命位階
卻有了極大的跨越
像曾經窺視過天堂
整個靈魂滿溢芬芳

她朝我走來
每次都照樣能
讓我感到無限的

無助淒楚與迷惘

在她重重謊言與
誓言後的靈魂深處
我曾經如此畏懼
極可能同時稟賦
最令人扼腕的軟弱與
最令人凜然的堅強
最不值的忠貞與
最不值的背叛

我急於在她身上找尋

更多與常人近似的氣質
以獲取熟悉的安全感
雖然即使是些微近似
也同時會令我失望。

她心懷不滿的時候
美麗的臉龐
會變得明豔
一旦生起氣來
則更加倍漂亮

從獻祭者的溫柔到
報復者的美麗
翻轉如此迅速
也許應歸咎於
我在生命進程中的
遷延與徬徨

我的心思矛盾混亂
無法及時應對戀人的成長
我的心思矛盾混亂
好像同時盤踞著
7歲的靈魂17歲的靈魂

25歲40歲的靈魂和
更久遠的記憶與迷惘
那些是時間擦不掉
或來不及擦掉的
漸漸就凝成
感性的慵懶

在煙霧迷漫的酒館
她安適靠在我身邊
忘情和友人們聊天
我們飲酒　抽水煙
營造著友善的氛圍

但是不知為什麼
這些畫面與情節
似乎多餘而勉強

愛情只有在
奄奄一息的時候
我們才覺悟到
它曾經如此頑強
愛情只有在
奄奄一息的時候
我們才願意去
擔負

搶救時的艱難

在奄奄一息的時候
我在想
我是否該適時
消失或死亡？

清醒後
瀰漫的煙霧才漸漸退散
我花了更長時間分辨虛實
好不容易才把他

與我區隔出來

他是誰？
如此清醒而沮喪？
那是我許久未曾
共振的語言和頻率
糖果裡的第一人稱
比正在描述的我
更像我自己

「他是誰？」

一言難盡
但你們遲早會認識

那個戀人是妳嗎？

在煙霧迷漫
在記憶與想像中
每個人都被變形、置換了
對號入座
毫無意義

周一上午
那個人出現了

開門的風鈴聲
帶來一位不是顧客的
老年紳士
那時我在咖啡座
零零星星記下對
寂靜小城的思索
麗昔在櫃檯邊擦拭老爺鐘

然後急促低沉的對話
在他們之間展開

紳士R的音調有些焦慮
麗昔的語氣帶著安撫
隔著無數精美的糖果
我一句話也聽不清
但感覺到對談者
大致相熟而克制

我猜麗昔應該

從老爺鐘裡頭
拿了東西給他
探頭看了一眼
兩人四目交接一秒
風鈴聲再次響起後
從窗戶瞥見老紳士匆匆離去

蝴蝶振翅了
鐘敲十二響
原先的世界
或從此刻崩解

我曾一百次想過
在糖果店的奇遇
會有怎樣的結局
它也許超乎想像
但「注定」令人遺憾
你可以豢養一隻翼龍
但無法統治牠的天空
之前逾越現實世界的
那美滿與華麗
注定無以為繼

「我最後一個戀人很老」

起初
她在窗前等我
室內很暗
好像小店久未開張
我進來時
她並沒停止
舞蹈熱身的伸展

由於空間狹小

我坐下的時候
幾乎被揮動的手臂碰到
那一瞬間
我清楚觸及
她身上的溫度
與飄散的力氣

她主動遞了新的
荒涼切片給我：
「含著它
我們一起品嚐

也不用講話
只聽我說」

這次的樣本
還沒貼上標籤
琥珀色的結晶
反射著室內的陰影
看起來好像是
被蜂蜜浸泡很久的木屑
帶著龍眼、肝腸
以及菸草的氣息

我最後一個戀人很老
那時
他全程圍繞我們身邊
舉止雍容　體貼周到
目光交會時
謹慎流淌試探的電流

但是他真的老了
是的，某種明確的老
已開始留駐在他身上
膚質、皺紋、斑點和

猶如室溫下的冰淇淋
開始鬆垮的身形　散發
一種依依不捨的氣味

他的風度依舊翩翩
眼神依舊熱切靈敏
但是他真的老了
已不適合繼續穿戴
無辜的慾望與表情

他全神貫注地年輕
似乎未曾意識到他

已不屬於我們的世界
我們的年齡

我承認曾經思考過
就那麼一下下地
曾經思考過
愛他的可能性

因為他如此機智悅人
洞悉一切隱密的渴望
和女子們自身都
尚未覺察的心情

輕描淡寫的世故
妥善安置著一切不適
但是我的肉體無法被他喚醒

我知道他會愛上我的
雖然他還沒將之實現
但是皮膚周圍的空氣
都已偵測到
我面紅心跳
胡思亂想

我敢於思考愛他的可能

因為自信不可能愛上他
這讓我頗為躊躇
並為他感到悲哀

「他是第一個
帶我認識荒涼的人」

她停下來
閉上眼睛
含著過時的甜蜜
有點想哭又想笑

她閉上眼睛
深吸一口氣
虔誠地感受著
我也努力跟著想像

這些官能小小的慰藉
這些如膠似漆的處方
如此珍貴　因為
生命的吉光片羽
被如實保存　像
永遭流放的信使
當宇宙開始冷卻

只有不再現場的
過去　持續發光

但我們都心照不宣
繞過紳士R

妳的戀人
後來都怎麼樣了？
她的眼光好像在說
你終於還是問到了
但我必須知道嗎？

在我們這個故事裡
並不完全是以
全知觀點來進行的

他們都成為糖果了
哈哈哈

我的戀情都無疾而終
無論離奇或是平凡
所有感觸都會趨同
記憶也許較慢消逝

被遺憾或悼念激活
但這些終會褪色
像指紋消失為繭

第一個戀人的下落
我一無所悉
那時我太小
還沒能力去打探
命運以外的消息
那幾乎是一個

沒有內容的記憶
卻長時間在從前
守護著我的童年

第二個戀人後來
考上很好的大學
蛻變為客觀世界的菁英
我考得很爛
被送到國外念書
沉重的成就壓力

危如壘卵的世界觀
思維簡陋的社會
頻率不合的同儕
嚇著溫柔善良的女孩

多年以後
我還屢屢在惡夢中
毫無準備
陷身絕望的考場
屢屢在惡夢中
驚慌地逃避著
不曾發生的殺人罪咎與追緝

直到西部海邊
並不存在的懸岸

不知有沒有關聯
我只有29顆牙齒
也許開竅較慢
常因為害怕而
更執意堅持
始終學不到
足夠的現實感
來跟這個世界相處

所以我的年輕時期
幾乎——或似乎只在
想像中的國度度過

我曾和第三個戀人結婚
在一處多雨靠海的庭園
他善用各種儀式取悅我
不只鮮花美食與首飾
還有旅行紀念品和
生物學以外的生物

我珍惜戀愛所有儀式
那是兩人共創的文明
但是總有些儀式
最終會取代實質
生活定型下來
開始缺氧、停滯
只剩儀式

固定下來的男子
很快被主流世界
禁錮了視野和心智
他們在彼忘情投入

一場場逼真的電遊
無論成功失敗
再也無法脫身

「這個世界」擁有較高位階
是其它世界的基礎
但我們據以生活的
真的更真實嗎？
那些競爭與規則
那些執念與焦慮……

其實，還有什麼
比失去的時間
更真實呢？
還有甚麼比
失去
更真實呢？

至於那年長的戀人
由於
我們的愛情未完成
便成了唯一的

現在進行式

是的
它還在發生
除了遙不可及的結局
還繼續在
摸索　受挫與修補
誤解　諒解與期待

也許遍嚐聚散悲歡
生命表層已被歲月磨穿

飽經閱歷的他是我見過
最謙遜、好奇的資深少年
他想尋求答案的問題最難

衰敗不會僅屬於年長者
真正的青春卻僅屬於
很少數很少數的詩人
勇於愛戀奉獻的靈魂
永遠令我耽溺、著迷
伴隨那近乎
輕微失望的
絕望

一

守候奇蹟
或失之交臂
就是我的宿命吧？

同時，不計後果地
繼續去愛、去實現
去忘情感受並清點
收藏豐盈後的空曠
甚至提前憂傷……

就像此刻

我們談話的距離
近到呼吸都混淆一起
你試圖客觀觀察我
卻又無法隔離自己
但是我已預知
你將會醒來
將會失去

紳士R在巷口攔住了我

那時我睡眼惺忪

在晨曦耀目的反射下
剛走出鋪石街道轉角
有單車叮叮擦身而過
我卻油然想起有軌電車

「你必須小心
她並非你想像的那樣」

紳士R的身形
並沒想像中蒼老
可能是舉止頗為俐落
可能是出現十分突然

他的臉上有明顯皺紋與風霜
看起來優雅、聰明而友善
感覺似曾相識
好像曾經與我攀談

「你是誰？」
「紳士R」
「我可以多知道一些嗎？」
「多知道也不會有所幫助
因為我也不確定我是誰
我們適時相遇更為重要」

「別這麼驚訝
我們得先把前提理清
否則其它的是非真假
都於事無補」

「不要執著於你的問題
要再更往前問更往前找
否則此時此刻的答案
都於事無補」

「那我問你

你又是誰？」

一時之間
我竟無法回答
在他問我之前
答案一直先於大腦
常駐在我舌尖
但一時之間我竟
不能確定此刻身分

「明白了吧？」
他終於讓我安靜聆聽

「我只是要告訴你：
保管好你的記憶
同時
你會醒來
這一切都不是真的」

「這一切都不是真的？
那你為什麼會在這裡？」
我忽然有一股莫名的惱怒
為了保護這段時間的奇遇
更恐懼化外之夢遭受威脅

我以銳利的問題和目光
刺向他

他愣了一下
恢復較多的善意
「我——
我還無法離開
我陷溺太深
還不想忘記」

「你是說麗昔嗎？」

「是的
我和她相愛
但似乎不只在現在
從一開始就開始了
我甚至懷疑
她是我創作出來的
因為她是如此完美
如此真實

但是我的記憶已
無法幫我判斷
記憶的虛實

除了每隔一陣子
就得來向她索取
屬於我的那份荒涼」

「我已在此寄居許久
就住下個街區的旅舍
目前正在為他們蓋
一座多功能天文臺

這裡好多公共建築
都是我規劃設計的
像市政廳和圖書館

是的，這些本事還在
我還擁有文學、美學
和心理學專長
像本能一樣保留著

不過這都不再重要
除了和麗昔編寫
撲朔迷離的戀愛」

「她有許許多多回憶
不知從何而來

就像小舖的糖果
我們忘情地分享
不知過了多久就
再沒有動機離開

之前的記憶被阻隔
每次的回顧都會
擱淺在與她相處時
事實與虛構圍成的
遺世獨立的港灣
繞一顆神祕糖果
打轉」

「我也有類似疑惑
來到小城之前似乎
有滿滿心思與感慨
這裡本該是通往哪裡的
但是我已經想不起
原先的目的地

我曾多次回溯
卻分不清哪些
是親身的經歷
古老街景後會不會

是影城的廢墟？
如果像飛禽一樣
擁有更開闊的視野
我是否就會知道
自己座落在哪裡？

「接下來將會如何？
看來無人知曉
一切似乎跟著想像發生
想像又跟著故事發展
但我依戀並熟悉

這私屬的小城
更珍惜與她相愛時
那獨一無二的艱困

她的糖果成為我
存在唯一的證據
豐盛甜美卻如此薄弱」

「其實
每個人活過的證據
都很薄弱
像未被銘刻的灰塵

蒸散於迴光返照
除了墓碑
誰也無從辨識自己」

這時
一群衣著整齊的學童
興高采烈走過身旁
我們挪了一下
微微避讓
他說
「不知為什麼

對你和這些景象
總覺得有些熟悉」

「為何會說
這一切都不真實？」

「這一切都不真實
因為我們並沒有行動
真正的行動
會改變故事或命運的行動
我們感受、交談甚至規劃

都像在完善一個夢境
重複著既定的想像

這一切都不真實
因為直覺有許多事
更早就存在或發生
我不在現場時的
那些人去了哪裡？
那時世界會打烊嗎？
這裡沒有過去
也沒有未來
脫離時間的管轄

記憶被混在一塊
分不出真假
也分不出前後順序」

「但告訴你這些
也於事無補
一切不會改變
我必須得走了……」

「我們還會見面嗎？」
「我不知道

這不是由我決定
是由你的記憶決定」

在大白天裡
忽然像一腳踏進
還沒啟動的噩夢
感到背脊發涼
甚至像生病一樣
虛弱並不停冒汗
而且這座城市
何時有了電車

我竟然一無所知

我提前半小時到達
頹然坐在糖果店裡
等待又害怕著
女主人的出現

窗外陽光燦爛
室內則冷氣太強
我重新站起來
在貨架間徘徊

一邊繼續回想
到糖果店之前
若有若無的旅程

美麗的碳水精靈們
繽紛亮眼簇擁酣眠
此刻像一顆顆
妖嬈的誘餌
甜蜜難測

麗昔似乎早已知情

當她進到糖果店時
出奇安靜　平靜

所以他就是妳
最後這個戀人？
是的
但並非你所理解的
我們在此之前
似乎就曾相愛
不過他忘記了

他是作繭自縛的

始作俑者

1

妳真會竊取
別人的記憶？

你相信嗎？
她沒有直接回答
熟練地把鋼琴上的
瓶瓶罐罐移開
動作決絕明快
彷彿不打算再把

它們重新排回來

這些糖果是
我記憶的形式
你嚐到的滋味
就是我內心的感覺

「荒涼系列」例外
那是真正的記憶本身
帶著歲月的斑駁與耗損
帶著時間不可逆的殘忍

誰都無法任意獲取
別人內心的真相
除非全心投入
共同的宿命

7

坐在拉出的琴椅上
她輕輕打開琴蓋
漫不經心重複著
片段的十二平均律

這讓我覺得她

一下子和我
和翁榮貝殼
和印度鉛螺
還有糖果店
變得很疏遠

他們跟我熱切訴說時
下意識裡不早已期待
把記憶寄託在我心底？
卻未預期我真可能有
出乎想像的魔力

急速流逝的生命裡
刻舟求劍既是
徒然也是必須
要是在河岸上也
留下一些刻痕呢？
在顳葉、頂葉
舌尖或內心裡？

其實所有關於
記憶與感受的
提煉或提取
都近乎巫術

用你能理解的說法
就像把意象或語言
透過模組化的催眠
轉拷在嗅覺和味覺
這些官能記憶裡

你的創作
正是我的巫術……

「催眠？」
我曾思考過

最大意義的催眠
潛意識裡有我們
最大的備用靈魂
任意變形轉化的它
會不會反客為主
以為自己才是真實？

她眼裡的虹彩閃了一下
「在我們不確定處於
夢境第幾層的時候
這是個危險的字眼
但是　算是

某種更深的
無法復原的催眠吧？」

那已經不是別人的記憶了
一旦他們與我分享
被我涉入故事現場
一旦我與他們相戀
駐進他們的內心

這也都是我的記憶呀

我們以各種方式
失去原本的記憶
沒有人可以竊取

或者，會不會
記憶與遺忘有時
是一種辯證關係
有時
記憶也是一種
遺忘的形式呢？

這麼一個純粹地
本能與直覺的女子
不時讓自己糾纏於
不擅長的抽象思維
其實是很不自然的

感覺就像
被更大的心智所操控
例如
深愛的販毒首腦的男友
迷戀的邪惡指導教授

看出我不以為然
她調整了說話態度
你在夢中
或專心演出的時候
會記著其它記憶嗎？

正在發生的故事
如果深刻而強大
會不會消除掩蓋
原本的記憶？
想窺探新的人生

也最好毫無牽掛
我不知如何接話
店裡再陷入安靜
連老爺鐘的節拍
也暫時停止

如果記憶就是
一間糖果店
不是很美好嗎？
分享糖果或者

分享超越一切言語的
意識、感受
與記憶原貌
我們就好像
同屬一個靈魂
同屬一座
心靈的珊瑚礁
這是何等親密？

我還記得
遇見妳那一霎那

妳就像這座小城
莫名存在的理由
一切都為妳而來

我還記得
遇見妳那一霎那
風鈴聲升起布幕
濃妝的眼眸掀開
我全新的旅程
某種更深奧的
關係就已確定

妳統治著糖果
和每個人的過去
不屬於我們理解的現實
不屬於舞臺以外的世界

像祕境主人或嚮導
像瀕死前的天使
像噩夢旁的母親

「是的
不管多大多老
我們的處境仍然

跟童年的時候一樣

雖不知是否在夢中

都要努力保持清醒」

但我更早的記憶呢？

我們為何來到這裡？

當你失去這裡

整個記憶就會回來

一切都已注定……
但真正的原因
永遠不會只有
單一的解釋

在我的記憶裡
我是為了永久逃離
小時候的現實世界
創造並躲進這
潛意識裡的糖果店

至於你或其他人
都有各自的來歷
同時，疫病又是
你們的共同因果

在我的記憶裡
你們都來自外頭——
這座小城與外界
不是用空間隔開
是用時間——只要
錯開一秒　彼此
就永遠不會相遇

你們都來自外頭——
因為除了此時此地
整個世界正在蔓延
還沒有解藥的瘟疫
星座開始逆行
末日提前上演

「瘟疫？」

某種關於遺忘的病症
稱為DEF，或DMS

經由網路傳染的病毒
後來開始人傳人
患者會迅速忘記、
混淆特定的記憶
自己與他人甚至
整個人類的記憶

暴露在時間裡
我們原本都遺傳著「忘記」
記憶會鈍化、缺損、變形、
曲解、置換、消失
或不再被相信

但疫病加速了
這一切的進程
人們不再回顧　反省
知識與情感不再
靠「過去」累積
生命失去了厚度
時間也失去了意義

遺忘是人類的
自我保護機制
為了緩和生命的

龐雜、瑣碎與虛無

但是病毒、
無窮的訊息與官能刺激
破壞記憶與遺忘的平衡
保護機制加速演化
猶如癌症質變一切
整個人類文明
正在萎縮坍塌

銅駝荊棘
滿目瘡痍

拒絕遺忘的人
內心滿懷失落
生命失去縱深
一切變得膚淺
他們紛紛出走
開闢新的空間
重新調整時鐘

小城於是被創造出來
大量懷舊與童話素材
廣場與雕像
溫泉與水療

鮮花與糖果
一切都為了
療癒

「但我們仍不停忘記？」

我們很少覺察到
我們一直在忘記
一旦發覺了
卻有被棄的
恐懼

遺忘與荒涼
是互斥的選項
拒絕遺忘的人
必須面對荒涼

無奈的是
即使做了選擇
遺忘與荒涼
最終都會發生

但是我們做了選擇
在那當下

我們決定了
我們是怎樣的人

「我告訴過妳
我叫攸里西斯
我還有別的名字嗎？」
「你還想得起
其它的名字嗎？」
「我們為何相遇？」

「你說過
『注定』這個字
暗示意志與願望的
無謂與無力

那你曉不曉得
『注定』這個字
也是注定不知道
根本原因的人
對自己命運
僅有的解釋？」

從她深邃　憂傷的眼底
我找不到其它隱藏的訊息
但似乎重新看見
可以託付情感的
脆弱人性的個體

「我想嘗試一片
屬於我的荒涼……」
她搖頭苦笑
放棄勸說
走到老爺鐘前

然後我終於醒了
麗昔象徵遺忘
她以她的空間
把我從我的時間裡
釋放出來
因為我迷失在
自己的年輕裡太久
然後我終於醒了
發覺我已經老去

最甜美的遺忘帶走了

我們無法釋懷的過去
它確曾如此豐盈輝煌
糖果店已將一切銘記

也許有一天
我會在糖果店外頭
遇到另一個小孩
我會酷酷跟他說
我曾經是個小孩
和你一樣
後來

後來我長大了

?

最珍惜的記憶被取出
最珍惜的記憶忘記了
我有鬆一口氣的感覺
像一個全新的人
一個飽經閱歷的
懂事的嬰孩

我深情地望著她
她憂鬱地望著我

說
可以了！
明天我們一起
出城去郊遊

我又依稀聽見
麗昔在耳邊說：
不！這並不是你的
自始至終我們都在
Dear R的記憶裡

與我相知相守的是他
不是你

我帶你經歷的
都是他的想像

「我還沒收藏你的記憶……
你的荒涼尚未開啟」

當我醒來的時候
躺在一間窗明几淨

擺滿白色、淺綠色鮮花的
寬敞房間裡
燦爛的陽光照射
噴灑在屋內一些
雅緻的擺設上

她緊緊靠坐床邊
美麗的眼眸
憂心忡忡看著我

我睡了多久？
大約30分鐘

才30分鐘嗎？
我突然興起
巨大失落後的疲憊
不想說話也不想呼吸

怎樣？
這樣死去的方式
還可以嗎？

許久
我緩緩地說

我想回到那個小店……

她流下眼淚來
「這就是詩人R
死前去過的地方
死前的遭遇」

一年前
我收到詩人R的來信
他是充滿狂想的冒險家
每隔一陣子就要做一些

驚嚇世人、友人或自己的事
但是他已失蹤許久
我是極少數會想念他的人

他在信上說
我已創造出偉大幻覺
足以讓我們滿懷期待
穿過死亡的幽谷

「我剛從那兒回來
如果這次再出發

就再也不回來了
我將活在我的作品裡
未來
如果有人願意造訪
我們或將再彼重逢」

大腦過動
精力過剩的R
一直維持著
年輕與活躍
他曾與最具人氣的政客鬥毆

也曾愛上產後憂鬱的皇后
他曾意外發現夏朝存在的證據
也曾親自演出自己的作品
招致票房慘敗

第三次離婚後
一度出現在沙漠裡
放浪形骸的祭典和
濱海賭城衣香鬢影的晚宴

他不喜歡派對的散場
更排斥時光一去不返

有時全城的人都睡著了
還在鬧區與住宅間遊蕩
執意尋找下個燈火通明

他的作品曾經那麼
靈光閃動懾人心智
但這些都無法填補
秉燭夜遊後索然如宿醉

有次我們受邀參加
名伶C的私人聚會

念了詩　唱了歌
酩酊走下斜坡時
他叛逆淫邪地問我
要選擇
當被崇拜的偶象
還是意淫的對象？

我說
我們在作品中擺盪
為了讓一切恰恰好
我的擺盪幅度特別大

為了試試可不可能更好
他說

但他的確開始衰老並
自棄於遲暮的自憐
於是決定貿然去拆解
作祟於時間的引信

「命定的道路
在跟前曲折蜿蜒
我們清楚知道明天

或明天的明天
必然會抵達終點
但是我們的思考
不敢朝那兒靠近
因為死亡端坐在前

像一群被獵食者
隨機挑選的草食動物
我們不敢注意他
怕引起他的注意

所以我試著用

人類僅有的腦袋
和剩下的所有狂想
來刺探死亡」

「我認為
我們如何定義生命
決定了
我們如何定義死亡」

「沒錯
所以生活中的分分秒秒

我們都在定義生命

也在定義死亡」

循著信件的訊息

冒著洋流帶來的冬雨

我來到大洋東岸

遍布松林的靠海庭園

BRAINNEST，腦巢

是他先前的秘密研究基地

只有很少的技術人員

和他的特別助理

那是一排被落地窗圍成的走廊
串在一起的極簡風白色洋樓
事實上是一座現代美術館
陳列著光怪陸離的創作
和未完成的奇想

玄關大廳懸掛一尾
樹脂做成等比例透明座頭鯨
但黏著其上的藤壺是活的

往裡的通道有個全息投影
大腦形狀的心智地圖球儀
每個功能區都印滿了詩句
聽得到雨聲的角落
還有一部為了避雨
臨時牽進來的單車

女助理是這裡的總管
時常聽R談起我們
當年的荒誕行徑和
膾炙人口的作品

但此刻十分憂心
不時眨著眼睫
藉著表面張力
阻止淚水的盈溢

她身著一件墜感很好的
深藍色羊毛長裙
站在那裡不動的時候
有如雅典衛城邊
厄瑞克特翁列柱女像
就研究人員而言
十分的女性化

但是深刻的性感
都被舉止言談和
表情嚴格看管

我仔細詢問
R後來的生活起居
她耐心謹慎地回答
緊鎖的眉頭瞄準我
彷彿解釋並不容易

她有一雙深邃誠實的眼眸
會在優雅的談吐外

不受駕馭地洩露
更隱密的心情
我們在閃動著樹蔭與
雨景的落地窗前傾談
好像同時進行著
兩組平行的對話

他是否還在人世？
到底去了哪裡？

我不確定他去了哪裡

也不確定是否還活著
但是我相信
他還在他的作品裡

就是他在信中向你
透露的那部作品
它改過多次名稱
原先叫「忘川之旅」
但他喜歡暱稱為
「荒涼糖果店」

「荒涼糖果店」？

對，那是
我們實驗室的產品
一部想像的
死亡的過度之旅
最早是一首長詩
或一個電影故事
加上桌遊的結構
後來發展成VR技術
與催眠針劑的複合體

她帶我去R的工作室
在不稍停的雨中
玻璃廊道兩旁的景緻
有如水族箱裡的森林
室內有鳴禽熱切鳴叫
我循聲看見一些搖晃的鳥籠
裡頭有知更、百靈
金絲雀、渡鴉和夜鶯

我覺得其中一座
陰暗的鳥籠裡

可能正枯坐著
R的靈魂或化身

一

R的工作室空無一人
除了除濕機的聲音
沒有任何動靜
那是一間狂想者的書房
有各式各樣的書籍
和一些奇怪的收藏：
幾張展覽過的閱讀椅
是他親自設計的

古董望遠鏡和施密特
折反射望遠鏡架在牆邊
牆上掛著帕洛瑪天文臺
蝕刻版畫

近年發表的詩作
《預言又止》
攤在略顯雜亂的桌上
邊邊還隨意擺著
附近碼頭小店常看到的貝殼
Lilliput lane 模型房屋和
多佛版象形文《死者之書》

不過最引人注意的
是窗前一張潔白病床

「之前他常常在此實驗
但是最後一次
他說要回糖果店
第二天　我們就
再也沒有看到他」

返回大廳的咖啡座
她慎重取出一個黑盒

推到我的面前
「他預期你的到來
要我務必親手交給你」

「R是如此聰明、迷人
我是他的學生、助理
情人兼信徒
我們相愛
以宇宙萬物為背景
瓢蟲、花蕊到花蜜
苔蘚、紅杉到星雲

圍繞我們周圍的知識
都是我們的甜言蜜語

我們相愛
猶如心智與肉體的
排列組合
無窮無盡
在纏綿悱惻的溫存裡
吐納率性勇敢的創意
然而
他對死亡越來越著迷」

R是如此聰明、迷人
不馴的大腦伴隨狂野想像
總能把光怪陸離的現象
和神祕的使命
或隱藏的意義
連結在一起
在他的眼裡
所有知識與美感經驗
彼此交織　融為一體
邀請人類終極的好奇

然而他不是彼得潘
永遠上天下地冒險遊戲
時間的鬧鐘遲早追上他
叩問他關於死亡的議題

但是人類的壽命
不足以讓他及時
解開生命的奧祕
當皺紋清晰刻出倦容
蘋果肌在臥蠶下沉陷
每日攬鏡自照猶如

自戀者的葬禮

那天早上
在餐桌前
他有點恍神地對我說：
死亡　是
神把人類趕出伊甸園時
在基因上留下的伏筆嗎？

當祂預見人類
貪得無厭於
知識的禁果？

他沒來由地對我說
太陽是觀察宇宙
最大的光害
就如
死亡是了解生命
最大的障礙

一開始我沒有接話
餐桌上切食著
鳥語花香時
死亡是個掃興的話題

但他繼續往下走：

阻止人類思考死亡的

其實是恐懼

我耐著性子幫他

把吐司塗上果醬

才冷靜地回應：

我們到了必須研究

死亡的時刻了嗎？

它比各種玄學或

你對情感的分析
更令人覺得無趣

他充滿歉意
「但我被它深深吸引
這是我們沒有學習過
卻必須在離開前交卷的
終極考試」
「即使沒有人知道
答案的對錯」

「所以
死亡不是科學
它一直屬於宗教
文學勉強可以靠近」

「所以
某一方面來說
死亡勢必是
一種信仰嗎？」

「在心智上是吧

但這個信仰不能
被肉體的真相推翻」

我在內心湧出
出乎意料的挫折
那是不知不覺中
長期積累的

我太信賴他遷就他了
他的玩心與好奇
已完全不受駕馭

但他刻意製造
心智冒險的歡愉
來隱藏
知識界線外的危機

我盯著MN
以眼神平撫她的情緒
Mnemosyne 是記憶女神的名字
R用MN簡稱她
但我覺得這像是
人工智慧的命名

我專注凝聽　並
回應以細微表情
一邊慢條斯理地
打開精緻的黑盒

裡頭是一本塗鴉的筆記本
和老爺鐘造型的小木盒

「我喜歡窺探神的作息
藉由在雨中棲息的生靈
和妳無辜而不知自己

其實知曉一切的眼睛……」

「甚麼？」

「這是R在
《預言又止》的詩句」

在那之後
R更加一意孤行
他比浮士德更浮士德

願意和梅菲斯特交換一切
把面對死亡的焦慮
轉為知識的獵奇

「只有神話
時時刻刻對抗著死亡」
他重新翻看那些
虔誠無稽的信仰
「遠古人類明白
我們無法迴避死亡
只能用觀念來抵抗
或美化這樣的恐慌」

「唯有創作與自欺
可能帶我們擺脫
死亡預先投影的
黑暗」

「死亡有多重意涵……」
他熱切地對我說
但是我按下開關
室內一片黑暗
我說：

沒有了！
這就是死亡

在黑暗中
他輕聲笑了出來
用溫暖的嘴唇吻我
說：
讓我們在死亡裡
多待一會

在心智上

死亡如同一片空白
被無知與未知填滿
你也可以說
死亡就是被
無知與未知填滿的
謊言與偏見

「關於死亡的論述
注定是謊言與偏見
遠古先知深切明瞭
他們把大到無法辯駁的
謊言與希望灌注其中

就這樣安慰了
無數世代的
無數靈魂」

但是知識進步太快
讓我們失去了
無知的屏障

我們
需要新的想像

1

我親愛的R
成為沒有神祇的祭師

鎮日
對著林中撿來的鳥屍發呆
對著螞蟻搬動的殘骸發呆
對著自己裸露的身軀
還有藍得無邊無際的大海
然後
回過頭
堅定宣示

死亡是生命的一環
應該被平等對待
死亡無關肉體的腐朽
死亡是遠在那之前的事

「死亡被異化是死亡
被畏懼最主要的原因
我不喜歡現有的死亡
想帶著全新觀點穿越
這虛與實最終的邊境」

R在最吸引我的
那封信裡侃侃而談
「死前的遭遇
決定了我們對
死亡的態度與想像
我們可以從那一刻
逐步來改良死亡」

「美滿的死亡
或將啟程於
一段不可知的旅行

途中是對未竟之夢
最後的實現與巡禮
但這些夢境都是在
逐步逐步消除旅者
原先的記憶」

「但最讓我好奇的
是旅途中無窮盡的
荒涼」

「那是我對永恆
最寫實的想像」

這時我已翻到
筆記本的最後幾頁
那是一些不易辨識
但透露著玄機的
潦草的紀錄
ＭＮ靠上來
幫忙解讀：

關於死亡的恐懼
除了無法迴避的苦痛

沒有比牽掛更
叫人牽掛了

記憶伴隨著牽掛
讓我們覺得
永遠分離
十分可怕

無論再怎麼苦難
殘酷　愚昧　醜陋
只要記憶中還有

一個穿過班馬線
勇敢去上學的小孩
一個現在就開始
等你回家過年的老者
或一個始終守著你
放棄飛回天庭的仙女
我們就無法
對地球生氣

我們就會牽掛

不知為什麼
我想起了T
輕微憂鬱的時候
她會花很長時間彈琴
好像把自己浸泡在
音符的草藥浴缸裡
直到獲得短暫療癒

她和生活之間似乎
有一道很大的罅隙
以至於總是戒備著

太靠近的事物
而且她始終不知道
我對她是如此牽掛

我跟MN說
牽掛是R整個作品中
最難解決的課題
他想繞過它
又繞不過去
因為他自己就是
最割捨不下的人

「這也是為什麼
所有來世的想像
都需要遺忘的過渡
因為遺忘等於
靈魂的淨化」

但理論與性格的缺陷
都不能阻止他把
「忘川之旅」實現

R在倒數第3頁寫道：

世界變化太快
我們來不及記
也來不及忘
世界變化太快
但仍無法改變
每天16萬人死亡
帶著他們最後的思想
最後的恐慌

如果必須為「忘川之旅」
找一個強烈動機
那就是我們將從

這忘與記的淵藪出逃！

在更早先的時候
在PH的葬禮上
R曾冒出一句：
從此以後
PH將變得
比生前更具體可觸
但我無法把他的
每一句話都當真

向過去尋找答案
從過去確證情感
在記憶邊陲的貨棧
那些捨不得離開的往事
那些沒有機會實現的夢想
深藏著每個人
一半以上的秘密

童年時那一次
醒夢不分的遭遇
曾讓我誤以為

闖進天堂的後花園
從此　我就有了
一個神祕的籍貫
永遠保留在
那邊

ＭＮ不知道
當我聽到這裡時
還偷偷地想：
你難不成還打算
透過文學創作來

建構天堂的意象
預售樂園的景點
與地產嗎？

她專注地
憂戚地繼續讀出
筆記本裡的詩行：

我夢到我死去了
看著我的屍體正在哭泣
我對這一切驚慌而困惑

對於伴隨許久
即將被拋棄並腐朽的皮囊
感到強烈的依戀

然後我試圖在夢中
放鬆四肢挪動身軀
想體驗死去真正的意義
我把它理解為睡不醒的睡眠
但想到沒有故事的生命
更令人恐懼
便用力沉睡了
只模糊地留下某種驚覺

自己毫無例外地
平凡至此的
沮喪

我夢見我死去了
急著交代許多事
卻一件也想不起來

我想，死亡的後果
就是全世界再沒人
知道你到底在哪裡

我想跟妳哭訴
我已死去的消息
但是妳坐在我的對面
兀自跟我聊著
生前繁瑣的事情
而且對我很不滿意

我夢見我死去了
像迷路的孩童
被父母遺忘在
一萬公里外的公園

回家永遠無法實現

然後叫「孟婆」的
美麗女子走過來
她以巨大的善意、溫柔
不停安慰著我
但身為亡靈我
必須放肆哭泣

盛妝美麗的女子
越加溫柔、善意
緊擁著我並不停

舔著我縱橫的淚水
並開始像妳一樣地吻我
前所未有的性感
好像要將我
更深地埋藏

7

這時MN已幫我打開
老爺鐘形的小木盒
裡頭空蕩蕩的
只有包裹在蠟紙上
一小片琥珀色糖膠

像是被蜂蜜
浸泡很久的木屑
還有龍眼、肝腸
和菸草的味道

「R說
想知道他去了哪裡
一切秘密都在這裡
而且
他說

你也將很快擁有
你的版本的「忘川」
你的版本的「荒涼」

但我來不及
將這句話
仔細思量

?

我醒來時
帶著旅者的疲憊

默默佇立古老街頭
這個溫泉療養勝地
我大部分都不熟悉
但感覺是如此親切
也許這座小城原本
就跟著想像在發生

我在糖果店前徘徊許久
它環以淡彩鑲金的窗臺
頂著寶藍素面遮陽棚
每一扇迎面向你的窗

都洋溢幸福的召喚與
拘泥於優雅的脆弱感

?

此刻
我究竟
背負著先前
哪一組記憶？

我已經來過嗎？
還是我先去的
是那座多雨靠海的庭院？

還是後來我就在那裡
寄生了我自己版本的
「荒涼」？

?

這一切
要看我是否還記得
麗昔

ㄱ

她還會在裡頭守候嗎？
搖曳著腰肢

在前引領：

這是酪梨口味薰衣草的口味
藍莓的口味無花果的口味
這是野薑花藍茉莉與蜂蜜
這是矢車菊玫瑰與楓糖
這是桔梗吊籃與甜菜
蝶豆花洋甘菊與芥末
香堇石竹與龍舌蘭

或者

她會表情僵冷
杵在櫃檯後頭
憂傷看著我說
我沒有拿走你的記憶
時間還沒到
我們的戀情
還沒展開

還是她並不在店裡？
雖然預先聽見了風鈴聲

但我不敢推門進去
忘與記牽引拉扯下
我意識到　其實我
已經和荒涼糖果店
永遠地失之交臂了

一想到這些
我便意識到
這次的醒來
仍舊在夢裡

荒涼的糖果到底
在夢境的第幾層
開始作用的？
我懷疑還沒回到
原先的旅程　也
不知「原先」在哪裡

我只能選擇繼續
留在書寫的現場
探索最後設的後設

在流逝的光陰裡
忘情地刻舟求劍
雖然從不曾尋回
任一件過往珍藏
但這小小的方舟
刻滿了一次一次
失落疼惜的痕跡

時間忘得太快
而我忘得太慢
我將繼續牽掛

繼續成長
直到和世界
相互遺忘

2018年12月30日 初稿
2020年06月30日 定稿

後記

也許不該在此透露創作《荒涼糖果店》的
原始構想，
因為那會造成必然的誤導，而讓這部詩劇有了
標準答案或確切的解讀方向。
而這恰好是和我最早的書寫動機相反的。
我唯一明確的目的，是想以文字創造出特殊體驗，
引出讀者近似的記憶，透過融合、暗示與混淆，
探索詩歌閱讀特有的親密。

至於如何詮釋與理解這部作品，完全由讀者決定，
或由讀者帶到夢中決定。
因此，除非你完全抑制不住你的好奇，
否則就不要看以下的說明……

在生命與死亡過度的地方，
假如有一家神祕的糖果店，
人們將在此注銷原先的記憶，
或者，甚至換上全新的記憶，
死亡或重生之旅是否不再令人畏懼？
一個在死亡之前就預先置入的
美好想像，像麗昔或美化過的

孟婆（遠古人類極可能就是這麼做的），
會不會讓現代人停止無限拖延
終極議題或龐大事物的思考？
在世界、感性與價值瞬變的時代，
我們總是記得太慢又忘得不夠快，
「牽掛」成為越來越沉重的情懷。
「牽掛」是想超凡入聖者最大的障礙，
也是我們對生命意義最真誠的「間接肯定」，
它是讓我總是內心楚楚的根源，
紓解、超越它則是我持續書寫的動力。
在文字裡寄託、留下令人牽掛的審美對象，
就是《荒涼糖果店》最早先的構想，

也是「故事雲」另一個新的實驗。

空間是「終極媒體」，
因為你已經在現場了，不再需要任何媒介，
就可以親身接觸、感受這個空間所傳達的訊息。
在這裡，我布置的空間是一座古城、
一間糖果店、一處濱海的庭園。
這樣的特定空間裡會讓你聯想到什麼？
想做甚麼？或預期發生甚麼？
倒推回去，就是你所接收到的訊息。

創作的初始，我原本也接收或表達了許多

豐富、明確的訊息，
但是一旦糖果店開張，
所有的劇情與想像便失控了！
它迅速脫離我原先的構想，
更像一個故事的自我完成，
舊的訊息結構動搖，或被棄置，
我只能努力跟著直覺的想像走，
艱困地用文字維持最大的意涵，
但是，同時又全程抵抗著
可預測的，我自己的邏輯……

這似乎也是我所預期，甚至是刻意為之的。

就像先前所言，思考的時候，我常常需要
尋找、創造專屬的場景、情境來投射自我，
藉以更切身、準確地融入那特定的主體：
例如此刻，在永恆的一張昏暗的書桌前，
坐著正在動筆的創作者，他慎重地思索——
並同時感受或覺悟到那一刻被設定的使命，
然後，經過長時間的杜撰、修改、完善，
交出了一部還沒被馴化的《荒涼糖果店》。
至於先有書桌還是
先有那樣的書寫發生？
要等他離開後才知道。

聯合文叢670

荒涼糖果店

作　　　者／羅智成
企劃・設計／羅智成
封面・插圖／羅智成

發　行　人／張寶琴
總　編　輯／周昭翡
主　　　編／蕭仁豪
資 深 編 輯／尹蓓芳
編　　　輯／林劭璜
資 深 美 編／戴榮芝
業務部總經理／李文吉
行 銷 企 劃／蔡昀庭
發 行 專 員／簡聖峰
財　務　部／趙玉瑩　韋秀英
人事行政組／李懷瑩
版 權 管 理／蕭仁豪
法律顧問／理律法律事務所
　　　　陳長文律師、蔣大中律師
出 版 者／聯合文學出版社股份有限公司
地　　址／台北市基隆路一段178號10樓
電　　話／(02) 27666759轉5107
傳　　真／(02) 27567914
郵撥帳號／17623526聯合文學出版社股份有限公司
登 記 證／行政院新聞局局版臺業字第6109號
印 刷 廠／沐春行銷創意有限公司
經 銷 商／聯合發行股份有限公司
地　　址／(231)新北市新店區寶橋路235巷6弄6號2樓
電　　話／(02) 29178022
出版日期／2020年 11月　初版
定　　價／320元

ISBN 978-986-323-363-3 (平裝)

國家圖書館出版品預行編目資料

荒涼糖果店/羅智成著. -- 初版. -- 臺北市 :
聯合文學出版社股份有限公司, 2020.11
284面 ; 12.8×19 公分. --
(文叢 ; 670)(羅智成作品集)

ISBN 978-986-323-363-3

863.51　　　　109017797